LAS Mañanitas

The Beautiful Celebration of Our Lady of Guadalupe

by
Ernesto Joel Vega Rosales
&
Jeanette Gonzalez Seneviratne

Illustrations by
Dana Sanmar

LOYOLA PRESS.
UN MINISTERIO JESUITA
A JESUIT MINISTRY

Las mañanitas

Las mañanitas son celebraciones especiales para recordar las apariciones de Nuestra Señora de Guadalupe a Juan Diego. Las festividades incluyen danzas indígenas, una misa católica con mariachis honrando a la Virgencita en el canto y la veneración de su imagen. Las mañanitas comienzan unos días antes del 12 de diciembre en todo México y el mundo.

The Mañanitas

The Mañanitas are special celebrations to remember Our Lady of Guadalupe's appearances to Juan Diego. The festivities include indigenous dances, a Catholic Mass with mariachi honoring Our Lady in song, and the venerating of her image. The Mañanitas begin a few days before December 12 throughout Mexico and around the world.

Una noche fría, la abuelita sirvió chocolate caliente en seis tazas. Papá, Mamá, Pablo, Lucía, y el abuelito se sentaron alrededor de la mesa, y todos disfrutaron de este chocolate delicioso.

One chilly night, Grandma poured hot chocolate into six mugs. Dad, Mom, Pablo, Lucia, and Grandpa sat around the table. Everyone enjoyed this delicious treat.

“Nuestra novena comienza esta noche. Sólo faltan nueve días para celebrar las mañanitas a Nuestra Señora de Guadalupe. Hay mucho que hacer”, dijo mamá.

“Our novena begins tonight—only nine days until the Mañanitas to celebrate Our Lady of Guadalupe. There is so much to do,” Mom said.

“¡Qué emoción!”, dijo Lucía. “¡Esta es mi primera vez!”

“La mía también”, dijo Pablo. “¿Qué me pondré?”

“I can’t wait,” said Lucia. “This is my first time!”

“Mine, too,” said Pablo. “What will I wear?”

"Lucía y tú se pondrán unos trajes tradicionales. Pablo, tú te pondrás ropa como la de Juan Diego", dijo papá sonriendo.

"You and Lucia will wear the traditional outfits. You will wear clothes like Juan Diego wore," Dad said with a smile.

"He estado trabajando en sus trajes", dijo la abuelita. "Los terminé esta mañana. Vayan a probárselos".

"I have been working on your outfits," Grandma said. "I finished them this morning. Go try them on."

"¡Me quedan, me quedan!" respondieron ambos niños emocionados.

"They fit, they fit!" both children said excitedly.

“Abuelito”, dijo mamá, “¿por qué no les cuentas a los niños cómo Juan Diego vio a la Virgencita?”.

“Sí, abuelito”, dijeron Lucía y Pablo.

“Mientras tanto, voy a terminar de preparar el altar para la Virgencita”, dijo papá.

Entonces, el abuelito comenzó a contar la historia:

“Grandpa,” said Mom, “why don’t you tell the kids how Juan Diego saw Our Lady?”

“Yes, Grandpa,” said Lucia and Pablo.

“Meanwhile, I will finish setting up the altar for Our Lady,” Dad said.

Then Grandpa began to tell the story:

"Juan Diego nació hace mucho tiempo, cerca de la Ciudad de México.

Antes de ser bautizado, su nombre era *Cuauhtlatoatzin*, que significa 'El que habla como águila'.

De niño, asistió a la escuela para indígenas. Aprendió a leer y escribir, tal como lo estás haciendo tú, Lucía. Y estudió las creencias culturales de su pueblo, tal como tú lo harás, Pablo. Se volvió sabio y humilde, así como ustedes dos se volverán".

"Juan Diego was born a long time ago near Mexico City.

Before he was baptized, his name was Cuauhtlatoatzin, which means 'He Who Speaks Like an Eagle.'

As a child, he attended his native school. He learned to read and write, just like you are doing, Lucia. And he studied the cultural beliefs of his people, just like you will, Pablo. He became wise and humble, as both of you will become."

"Cuando fue bautizado, su nuevo nombre fue Juan Diego. Tenía gran devoción; caminaba muchas millas cada semana para asistir a misa y clases de catecismo. En cada viaje de ida y vuelta pasaba por un cerro llamado Tepeyac".

"¿Qué significa *devoción*?" preguntó Pablo.

"When he was baptized, his new name was Juan Diego. He had great devotion; he walked many miles every week to attend Mass and catechism classes. Each trip there and back he passed a hill named Tepeyac."

"What does* devotion *mean?" Pablo asked.

“Significa amar con todo el corazón”, dijo la abuelita.

“It means to love with all your heart,” Grandma said.

"Una mañana de diciembre, muy temprano, cuando Juan Diego pasaba por el cerro del Tepeyac, se dio cuenta de que los pájaros cantaban muy hermosamente. Era una señal de que algo extraordinario estaba sucediendo. Juan Diego se detuvo, y una dulce voz lo llamó para que subiera a la cima del Tepeyac".

"Early one December morning as Juan Diego was passing Tepeyac Hill, he realized that the birds were singing really beautifully. It was a sign that something extraordinary was happening. Juan Diego stopped walking. A sweet voice called for him to come to the top of the hill."

"La Virgencita, brillando con una luz gloriosa, lo estaba esperando".

"Our Lady, shining with a glorious light, was waiting for him."

“Abuelito”, preguntó Lucía, “¿se asustó Juan Diego cuando vio a la Virgencita?”

“No, Lucía, no estaba nada asustado”.

“La Virgencita le pidió que le diera un mensaje al obispo. Ella deseaba que se construyera una capilla en su nombre al pie del Tepeyac”.

“Grandpa,” Lucia asked, “was Juan Diego scared when he saw Our Lady?”

“No, Lucia, he was not frightened at all.”

“Our Lady asked him to deliver a message to the bishop. She wished to have a chapel built in her name at the foot of Tepeyac.”

"Pero a pesar de haberlo visitado dos veces, el obispo Juan de Zumárraga aún no le creyó a Juan Diego. Dijo que necesitaba una señal.

Sintiéndose triste porque el obispo no creía el mensaje, Juan Diego regresó a la Virgencita.

Entonces la Virgencita le pidió que regresara por una señal".

"But even after two visits, Bishop Juan de Zumárraga still did not believe Juan Diego. He said he needed a sign.

Feeling sad that the bishop did not believe the message, Juan Diego returned to Our Lady.

Then Our Lady asked him to come back for a sign."

"Pero Juan Diego tardó un día para cuidar a su tío enfermo, Juan Bernardino, que se estaba muriendo.

Su tío enfermo le pidió que fuera a buscar a un sacerdote para que viniera a bendecirlo".

"But Juan Diego delayed for a day to take care of his sick uncle, Juan Bernardino, who was dying.

His sick uncle asked him to get a priest to come and bless him."

“Mientras Juan Diego iba por su camino, la Virgencita vio que estaba triste y lo consoló diciéndole: ‘¿No estoy yo aquí, que tengo el honor de ser tu Madrecita?’.

La Virgencita le dijo a Juan Diego que subiera a la cima del cerro y recogiera las flores que encontrara allí. Así lo hizo, colocándolas en su tilma, o *tilmahtli*, que es como un manto. Ella arregló las flores y bendiciéndolas le dijo que se las llevara al obispo como señal suya”.

“As Juan Diego went on his way, Our Lady saw that he was sad, and she consoled him, saying, ‘Am I not here, I who has the honor of being your Mother?’

Our Lady told Juan Diego to go to the top of the hill and gather the flowers he found there. This he did, placing them in his tilmahtli, which is like a cloak. She arranged the flowers, blessed them, and told him to take them to the bishop as her sign.”

"Juan Diego volvió al obispo, abrió su tilma y dejó caer las flores al suelo.

El obispo se maravilló al ver la imagen celestial de la hermosa Virgencita donde habían estado las flores".

"Juan Diego returned to the bishop, opened his tilmahtli, and let the flowers fall to the ground.

The bishop was surprised to see the heavenly image of the beautiful Virgin where the flowers used to be."

“Esto fue hace mucho tiempo, pero la tilma de Juan Diego con la imagen de Nuestra Señora de Guadalupe aún se puede ver en su basílica, la cual se ubica al pie del cerro del Tepeyac en la Ciudad de México”.

“This was a long time ago, but Juan Diego’s tilmahtli with the image of Our Lady of Guadalupe can still be seen at her basilica nestled at the foot of the Hill of Tepeyac in Mexico City.”

"Me encanta esa historia", dijo Lucía. "¡A mí también!", dijo Pablo.

"Vengan", dijo mamá. "Tomemos nuestro chocolate calientito y luego comenzaremos nuestra novena".

"La novena se reza durante nueve días", dijo la abuelita.

"Sí", dijo papá.

Cuando terminaron su chocolate caliente, la familia rezó junta.

"I love that story," said Lucia. "Me too," said Pablo.

"Come," Mom said. "Let's drink our hot chocolate and then we will begin our novena prayer."

"A novena is prayed for nine days," said Grandma.

"Yes," said Dad.

When they were done with their hot chocolate, the family prayed together.

Los nueve días de la novena

La familia rezó durante nueve días.

Día 1
Rezaron por el respeto a la vida.

Día 2
Rezaron por los abuelos y los ancianos.

Día 3
Rezaron por los enfermos.

Día 4
Rezaron por las familias.

Día 5
Rezaron por los pueblos indígenas de las Américas.

Día 6
Rezaron por todos los pueblos del mundo.

Día 7
Rezaron por el Papa.

Día 8
Rezaron por los sacerdotes, las monjas y los miembros de las órdenes religiosas.

Día 9
Rezaron por la paz del mundo.

The Nine Days of Novena

The family prayed for nine days.

Day 1
They prayed for Respect for Life.

Day 2
They prayed for Grandparents and the Elderly.

Day 3
They prayed for the Sick.

Day 4
They prayed for Families.

Day 5
They prayed for Indigenous Peoples of the Americas.

Day 6
They prayed for all the Peoples of the World.

Day 7
They prayed for the Pope.

Day 8
They prayed for Priests, Nuns,
and Members of Religious Orders.

Day 9
They prayed for Peace on Earth.

En la última noche de la novena, Lucía y Pablo gritaron: "¡Mañana serán las mañanitas para nuestra Virgencita!".

On the evening of the last day of the novena, Lucia and Pablo shouted, "Tomorrow is the Mañanitas for Our Lady of Guadalupe!"

A la mañana siguiente, mamá despertó a los niños tan temprano que las estrellas aún brillaban en el cielo.

The next morning, Mom woke the children so early that the stars were still shining in the sky.

Dentro de la iglesia llena de gente comenzaron las mañanitas.

La gente cantó canciones a la Virgencita. Pablo y Lucía se sabían la letra y cantaban con gusto. ¡Con *mucho* gusto!

Se maravillaron con los danzantes vestidos con trajes típicos que iban tocando cascabeles y tambores, y con la procesión de niños llevando flores a la Virgencita.

Inside the crowded church, the Mañanitas began.

People sang songs to Our Lady. Pablo and Lucia knew the words and sang with gusto.* Mucho *gusto!

They marveled at the* danzantes, *dancers dressed in traditional indigenous garments, with bells and drums, and the procession of children bringing flowers to Our Lady.

Cuando terminaron las mañanitas, mamá y papá ayudaron a la abuelita y al abuelito con sus abrigos.

"Entonces", preguntó el abuelito, "¿por qué es tan querido nuestro Juan Diego?".

"Porque fue humilde", dijo Lucía.

"Porque fue valiente", dijo Pablo.

"Porque fue fiel", dijo la abuelita.

"Porque fue el mensajero de la Virgencita", dijo mamá.

When the Mañanitas was over, Mom and Dad helped Grandma and Grandpa with their coats.

"So," Grandpa asked, "Why is our Juan Diego loved so much?"

"Because he was humble," said Lucia.

"Because he was brave," said Pablo.

"Because he was faithful," said Grandma.

"Because he was Our Lady's messenger," said Mom.

“Y por eso fue el primero de nuestro pueblo en convertirse en santo”, dijo papá.

Juan Diego, ruega por nosotros.

Nuestra Señora de Guadalupe,
ruega por nosotros.

“And for that he was the first of our people to become a saint,” Dad said.

Juan Diego, pray for us.

Our Lady of Guadalupe, pray for us.

LOYOLA PRESS.
UN MINISTERIO JESUITA
A JESUIT MINISTRY
www.loyolapress.com

Illustrator: Dana Sanmar
Editor: Gary Jansen
Designer: Jill Arena

ISBN: 978-0-8294-5707-0
Library of Congress Control Number: 202493100

Printed in the United States of America
24 25 26 27 28 29 30 31 32 33 Versa 10 9 8 7 6 5 4 3 2 1

Escanee para obtener más información sobre Nuestra Señora de Guadalupe y Juan Diego.

Scan to learn more about Our Lady of Guadalupe and Juan Diego.